NOUVELLE

TEXTE ET DESSINS

Par E. C.

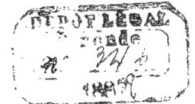

Prix : 1 fr. 50

A LA LIBRAIRIE NOUVELLE

3, PLACE DE LA COMÉDIE, 3

ET AU BUREAU DU « VÉLOCE-SPORT »

206, COURS VICTOR-HUGO, 206

1888

Béhobie-Handicap

NOUVELLE

TEXTE ET DESSINS

Par E. C.

BORDEAUX

A LA LIBRAIRIE NOUVELLE

3, PLACE DE LA COMÉDIE, 3

ET AU BUREAU DU « VÉLOCE-SPORT »

206, COURS VICTOR-HUGO, 206

—

1888

BÉHOBIE-HANDICAP

I

Entre sept et huit heures du soir, un soleil de juin presqu'à l'horizon, noyé dans une poussière étincelante, éclaire de ses rayons rougeâtres le clocher de Rongeos, le sommet et l'encoignure de quelques maisons et le sol de la Grand'Rue où s'étendent gigantesques, comme montées sur d'immenses échasses, les ombres des derniers passants regagnant leur demeure.

Toute la ville est en fête ; les étrangers encombrent les hôtels. On est venu de partout de Dax, de Mont-de-Marsan et même de Bordeaux pour assister aux grandes courses du Cycling-Club rongeossois.

Et quelles courses ! *Diou biban !*

Il fallait voir l'enthousiasme de cette foule massée sous les arbres du foirail, le greuille-

ment incessant des foulards de couleur et des bérets en plaque tournante, les applaudissements frénétiques, les acclamations sonores et gutturales.

Maintenant chacun rentre chez soi pour souper. Voici François Dehilotte, le secrétaire
de la mairie, bossu à longues jambes, et sa nièce Mélina, l'institutrice
laïque de Rongeos, petite brune à l'œil vif et au museau de fouine, la plus
mauvaise langue du pays. Voici M. Rouget, agent de la maison Cradge et Cⁱᵉ,
président du C. C. R., et Lepeugue, le grand, le célèbre Lepeugue,
l'éminent rédacteur de la *Vélocipédie du Sud-Ouest*.

— C'est splendide! c'est admirable, mon cher président, s'écrie
Lepeugue; jamais! non, jamais je ne me serais attendu à ce résultat. Il n'y
a que vous pour faire de ces miracles. En moins d'un an, développer à ce
point la *cyclomanie* dans tout un canton, fonder un club aussi prospère, faire surgir des
coureurs aussi remarquables! Ce Camelongue, quelle forme! quels jarrets!... Avez-vous vu
son enlevage pour le championnat Béarno-Landais? Comment diable ce beau garçon ne
court-il pas le monde au lieu de noircir du papier timbré chez un notaire de province?

— Notaire de province! s'écria le bossu scandalisé. Sachez, Monsieur, que Mᵉ Alonzy est
maire de Rongeos et conseiller général du canton. C'est un homme considérable et son
étude n'est pas à dédaigner.

— D'ailleurs, insinua Mˡˡᵉ Dehilotte avec un perfide sourire, qui vous dit que Camelongue n'y soit que pour noircir du papier timbré?

— Camelongue se plaît à Rongeos, dit Rouget, en l'interrompant. Il est l'enfant gâté
du pays. N'avez-vous pas vu, à son arrivée au poteau, comme tout le monde l'applaudissait?

— Tout le monde, c'est beaucoup dire, fit l'institutrice; je connais une exception.

— Qui donc?

— Sa patronne, Mᵐᵉ Alonzy, Madame la Mairesse, la belle Hermance, répondit Mélina,
marquant chacun de ces mots d'une intonation ironique.

— Vous m'étonnez!

— Non, certes, elle n'a pas battu des mains; elle a affecté de rester froide devant son
triomphe. Mais..... Croyez-moi, elle a d'autres moyens de le complimenter.

L'Institutrice, avec ces yeux de lynx que donne la haine, avait surpris entre Mᵐᵉ Alonzy
et Camelongue un de ces regards chargés de flammes, une de ces caresses
furtives qui valent tous les applaudissements.

Mélina et son oncle ne tardèrent pas à prendre congé de Rouget et de
Lepeugue, qui continuèrent à suivre la Grand'Rue.

La nuit tombait; tout en causant, ils arrivèrent devant l'*hôtel de l'Univers*,
dont la façade était illuminée de lampions multicolores. L'hôtelier, maître
Biguey, un des gros bonnets de Rongeos, préparait pour les membres du club,
les lauréats et les invités, un banquet digne de couronner une si belle fête.

Ils entrèrent dans le vestibule où se pressaient les garçons affairés.

— Une lettre pour vous, Monsieur Rouget, cria Biguey dont la face rubiconde, rendue
cramoisie par l'ardeur de ses fourneaux, apparut dans l'entrebâillement
de la porte de sa cuisine. Il était vêtu du costume blanc traditionnel
qu'il ne prenait que pour les grandes solennités. Ce jour-là, il avait
voulu mettre la main à l'ouvrage et diriger lui-même ses marmitons.

Rouget prit la lettre que lui tendit une servante et la lut en mon-
tant l'escalier qui conduisait à la salle du banquet, où presque tous les
convives se trouvaient déjà réunis.

Un murmure de satisfaction accueillit l'entrée du président du
C. C. R. et du rédacteur. On avait hâte de se mettre à table.

— Sommes-nous au complet? demanda un coureur affamé, après
les nombreuses poignées de mains données par les nouveaux venus.

— Hélas non! Messieurs, répondit Rouget d'un ton navré, j'ai le regret de vous annoncer que M. le maire et conseiller général qui, en sa qualité de président d'honneur du Cycling-Club rongeossois, avait bien voulu accepter notre invitation pour le banquet, vient de m'écrire qu'une affaire imprévue l'oblige à renoncer au plaisir d'être des nôtres. Il me charge de transmettre ses excuses à tous les membres du club, ainsi qu'à tous nos invités.

Les assistants parurent éprouver une morne douleur en recevant cette communication qui, au fond du cœur, les laissait fort indifférents. Seul Camelongue ne put réprimer un mouvement de joie, comme si l'absence de son patron l'eût soulagé d'une gêne ou délivré d'une inquiétude.

— Mais, reprit Rouget, j'ai une autre nouvelle à vous annoncer, qui vous consolera un peu de la première. C'est que M. le maire, non content de soutenir de son influence et à titre de membre honoraire, les intérêts de notre club, veut prendre une part active à notre sport. Il m'a acheté, ce matin même, un tricycle Cradge dernier modèle, avec tous ses accessoires.

— Précieuse recrue! s'écria Lepeugue. Exemple à signaler à tous les conseillers généraux de France, à tous ceux qui remplissent ou qui briguent des fonctions électives! N'est-ce pas le vrai, le seul moyen de connaître les besoins du pays et d'émettre des vœux conformes à ces besoins? Prenons note de lui envoyer le journal, pensa-t-il, il s'abonnera.

La gaité reparut sur tous les visages. La dernière communication de Rouget avait surpris quelques personnes et surtout Pierre Camelongue, à qui rien n'avait fait soupçonner les velléités sportives de son patron.

— Vous a-t-il dit ce qu'il comptait faire de sa machine? demanda-t-il à demi-voix à Rouget.

— Il m'a parlé de promenades, d'hygiène; son médecin lui a ordonné beaucoup d'exercice pour réagir contre certaines tendances à l'obésité.

— Cela m'étonne..... Enfin, nous verrons bien, après tout, s'il y a autre chose. N'oubliez pas ma remise, ajouta-t-il plus bas.

— A table! Messieurs, dit le Président.

On s'assit. Une table de cinquante couverts avait été dressée dans la grande salle du premier étage, celle où avaient lieu d'ordinaire les repas de noces et ceux des sociétés de

température. Des tentures de cotonnade rouge, relevées par des médaillons en bois peint en bleu, portant en lettres d'or les initiales C. C. R., décoraient les parois. Sous les fenêtres laissées ouvertes à cause de la chaleur, les gamins de Rongeos arrêtés devant l'hôtel, en compagnie de quelques badauds adultes, écoutaient bouche béante le joyeux cliquetis de la vaisselle et de l'argenterie, les détonations du champagne et le brouhaha des conversations mêlées de rires. De temps en temps, le silence se faisait et une voix plus ou moins balbutiante proposait un toast auquel répondaient de bruyants applaudissements et des cris approbatifs, semblables à ceux des fauves d'une ménagerie. Parfois, une silhouette noire apparaissait à l'une des fenêtres. C'était quelque véloceman repu qui venait respirer l'air de la rue, pour lutter contre un hoquet rebelle et reprendre de nouvelles forces.

Le repas était presque achevé et l'intimité la plus complète régnait entre les convives. Des vieux tricyclistes de cinquante ans contaient des anecdotes scabreuses à des jouvenceaux imberbes et dégingandés dont quelques-uns copiaient d'une manière ridicule, soit dans leur mise, soit dans leurs attitudes, certains coureurs célèbres devenus leur idéal. Les célébrités ne manquaient certes pas ce soir-là. Outre de Cimbry, Durstman, Ferron, Ménager, Doste, etc..., la salle contenait divers champions exotiques : Ben-Saïd, champion du Sahara; Makiko, champion du Zoulouland et une foule de champions de clubs. Sur cinquante personnes, on comptait quarante-deux champions.

Dans cet Olympe de demi-dieux roulants, Camelongue était digne d'occuper une des premières places. C'était un beau garçon de vingt-trois ans, au corps svelte et robuste. Ses traits accentués, ses cheveux taillés en brosse, sa moustache brune aux pointes retroussées lui donnaient, dans l'ensemble, un aspect viril qui attirait la sympathie. En l'observant de plus près, on pouvait découvrir dans son regard je ne sais quoi de vague, d'indécis, qui accusait un caractère faible et impressionnable. Malgré sa carrure d'athlète et sa démarche de spadassin, Camelongue n'était en réalité qu'un grand enfant capable de subir tous les entraînements bons ou mauvais, un de ces êtres dont l'existence est livrée au hasard des événements et qui ne restent honnêtes que tant qu'ils n'ont pas à défendre leur honnêteté contre les attaques de leurs passions.

Il avait passé trois ans à Bordeaux, pour y apprendre le droit et le notariat. Après avoir conquis tant bien que mal ses diplômes, il était revenu à Rongeos, fort ignorant des choses juridiques, mais, en revanche, rompu à tous les exercices du corps, et ayant acquis au milieu des étudiants de la grande ville cet aplomb et cette verbosité que le vulgaire prend pour de l'éloquence. Dès son retour, il était devenu le modèle de tous les jeunes rustres de Rongeos et l'idole des jolies filles. Il avait secondé de toute son influence la propagande active de M. Rouget, et c'est grâce à son appui que le Cycling-Club rongeossois avait pu recruter, dès sa fondation, de nombreux sociétaires et que M. Rouget en avait obtenu la présidence. On a pu voir que son zèle n'était pas absolument désintéressé et qu'il recevait sous main une forte prime pour chaque prosélyte converti au sport ou, comme disait Mélina, pour chaque acheteur pris au piège.

Ce soir-là, grisé par ses succès du jour et par de nombreuses libations, il se sentait en veine d'éloquence et, lorsque la série des toasts fut épuisée, il demanda la parole au président et prononça un discours de circonstance.

    « Monsieur le Président,
    » Messieurs,

» Ne croyez pas que, pris d'un zèle oratoire intempestif, je veuille, à la fin d'un joyeux repas, fatiguer vos esprits par une étude approfondie de notre sport bien-aimé. Que pourrais-je, d'ailleurs, vous apprendre d'intéressant sur l'histoire de la vélocipédie, que vous n'eussiez déjà lu dans les journaux dont je vois autour de cette table les sympathiques représentants? (Lepeugue et Durstman s'inclinèrent.) Oui, Messieurs, tout a été dit, tout a été écrit sur le passé de notre noble cause, et l'on a dit tant de choses sur son avenir, que c'est à peine si l'on peut trouver quelques considérations nouvelles à vous soumettre.

» Il est cependant une question des plus graves et que je voudrais voir figurer parmi celles dont s'occupera le prochain Congrès. Je veux parler, Messieurs, de la question pécuniaire, de la question des subventions; et je crois que pour un club aussi jeune que le nôtre cette question est palpitante d'intérêt. »

Entrant alors dans le vif de son sujet, il leur proposa comme un axiome indiscutable le principe même de la subvention. Certes, c'était un devoir pour l'État de protéger et de secourir les Sociétés vélocipédiques. Et cependant cet axiome n'était pas encore universellement admis; leur sport, malgré sa faveur toujours croissante, n'était pas encore devenu en France un exercice national. Il leur dépeignit la coalition de haines jalouses, de préjugés invétérés et d'indifférences stupides qui s'opposait à son développement. — « Ah! s'écria-t-il, si le principe de la subvention venait à être admis par nos gouvernants, la situation changerait rapidement et l'esprit français, qui n'est frondeur qu'en apparence et s'incline presque

toujours devant le caractère officiel d'une institution, ratifierait bien vite les lettres de natu-
ralisation ainsi octroyées au sport vélocipédique. Malheureusement, nous tournons dans un
cercle vicieux. — Je ne parle pas du C. C. R. ! » — (Hilarité.) « En effet, pour que nos gouvernants qui ne sont après tout que des hommes, pussent prendre une décision aussi équitable,
il faudrait qu'ils fussent soustraits à l'influence des préjugés encore enracinés dans l'esprit
de leurs commettants. C'est donc en apportant la conviction dans les masses que nous
pourrions la faire naître en haut lieu. »

Mais si l'heure où une institution s'impose par son mérite même n'avait pas encore
sonné pour eux, ne pouvaient-ils arriver à leur but, c'est-à-dire à la subvention, par un
chemin détourné? Si les pouvoirs publics se refusaient à admettre quant à présent l'utilité de
la Vélocipédie, si, partageant l'aveuglement général, ils qualifiaient de chimères et d'utopies
les applications si ingénieuses et si variées que l'on en proposait chaque jour à divers
services publics tels que l'armée, les postes, les contributions, la gendarmerie, la magistra-
ture, l'inspection des finances, etc..., au moins seraient-ils forcés d'admettre l'utilité politique
des Sociétés vélocipédiques. — « Oui, Messieurs! dit-il en s'animant, un gouvernement
démocratique comme le nôtre ne peut méconnaître les services que lui rendent nos cercles,
véritables foyers de démocratie. L'aspect de ce banquet n'est-il pas la démonstration saisis-
sante de cette vérité? Ne voyez-vous pas quelle union touchante, quelle sainte camaraderie

règnent entre nous tous, quels que soient notre âge, notre situation, notre caste? Mélange édifiant de blasons et d'enseignes, de cheveux gris et de barbes naissantes, de goussets bien garnis et de bourses plates! Tous égaux comme les rayons d'une même roue! Telle est notre devise: n'est-ce pas aussi celle de la démocratie?

» Je sais bien, Messieurs, que cette égalité même est l'objet de critiques aussi injustes que passionnées de la part de nos ennemis. A les entendre, notre admirable fraternité ne serait qu'une promiscuité malsaine; notre égalité, un abaissement général des caractères produit par l'effacement des qualités individuelles et la mise en commun des vices et des travers. Dans leur langage hypocrite, ils plaignent, disent-ils, bien sincèrement les quelques fils de famille fourvoyés dans notre club au milieu de courtauds de boutique. Vous l'entendez, Messieurs! c'est ainsi que l'on ose nous traiter dans les salons aristocratiques de Rongeos! » Il leur cita encore, avec une indignation croissante, un sarcasme du marquis de la Gourmette, l'homme de cheval le plus convaincu de tout le pays : « Leur Cycling-Club! — avait-il dit à un de ses amis, — figurez-vous, mon cher, le Jockey-Club transformé en club de jockeys! » — « Morbleu! Messieurs, hurla Camelongue, lorsqu'on m'a rapporté ce propos, je me suis demandé si je n'irais pas en demander raison à l'orgueilleux marquis. Mais j'ai réfléchi que j'étais à la veille de courir le Championnat, et que je devais faire passer les intérêts du Club auquel j'ai l'honneur d'appartenir avant le souci d'une vengeance personnelle. Je me suis donc abstenu pour cette fois de relever l'outrage.

» Au surplus, Messieurs, ne vaut-il pas mieux mépriser de pareilles injures? Nous ne saurions être atteints par des critiques aussi dépourvues de fondement. Que dis-je! Nous devons même nous féliciter de ces injures et de ces critiques, car, étant donnée leur origine, elles ne sont pour nous qu'un titre de plus à la sympathie d'un gouvernement républicain. Prenons donc patience et comptons sur la force des choses, sur la justice de notre cause, sur les attaques mêmes dont elle est l'objet. Comme autrefois le Christianisme, la Vélocipédie sortira triomphante de toutes les persécutions, et nous serons vengés de toutes les insolences qu'un marquis nous aura fait subir le jour où un ministre nous fera émarger au budget pour une subvention de quelques millions! »

Pendant ce discours, l'auditoire, avec cette impressionnabilité naïve que donne l'ivresse, avait, comme le chœur des tragédies antiques, reflété fidèlement les sentiments divers exprimés par Camelongue. Des grognements approbatifs, des cris d'indignation avaient accueilli

tour à tour les paroles du champion; et sa péroraison fut suivie d'un tonnerre d'applaudissements.

— Bravo! jeune homme, mille fois bravo! s'écria Lepeugue en se levant et en faisant le tour de la table pour venir serrer les deux mains de Pierre. Votre discours m'a remué jusqu'au fond de l'âme : il a trait à la véritable question du jour, à celle qui passionne à bon droit toute la presse vélocipédique. Ne pourriez-vous me l'écrire? ajouta-t-il, je le publierais in extenso dans mon prochain numéro.

— Je bois à l'orateur! dit alors d'une voix lugubre, en levant son verre d'une main mal assurée et sans quitter son siège, un veloceman quadragénaire dont le gilet déboutonné laissait déborder un ventre énorme. C'était le quinzième toast qu'il portait, et chaque fois il vidait consciencieusement son verre jusqu'à la dernière goutte.

Sa proposition fut accueillie avec enthousiasme. Puis on passa dans une salle voisine pour prendre le café et les liqueurs et procéder à la distribution des récompenses.

Camelongue, à demi couché sur un fauteuil, savourait un excellent cigare et se sentait doucement ému à l'approche de ce moment solennel. Il se demandait tout bas ce que coûterait la mise sous verre de la médaille qu'il allait recevoir, lorsqu'il fut brusquement tiré de sa rêverie.

— Un billet pour vous, Camelongue, lui dit Rouget.

En effet, un garçon de l'hôtel lui présentait sur une assiette une enveloppe rose exhalant un vague parfum d'iris et portant ces mots griffonnés d'une main fiévreuse : « personnelle et pressée ».

Pierre pâlit légèrement, fronça le sourcil et, déchirant l'enveloppe, lut rapidement le billet qui paraissait très laconique. Une vive contrariété se peignit immédiatement sur son visage. Il mordit sa moustache, froissa le billet qu'il mit dans sa poche, et s'avançant vesr le président :

— Il faut que je sorte, dit-il à voix basse.

— Tout de suite? Vous pouvez bien attendre quelques minutes, le temps de recevoir votre médaille.

— Impossible! Faites-la mettre de côté. Croyez bien que cela m'ennuie autant et plus que vous!... Mais il le faut!

— Je n'insiste pas. Mais que leur dire pour expliquer votre départ?

— Ce que vous voudrez : dites-leur que ma tante est malade. Je pars. Adieu!

— Au revoir!

Et Camelongue, sortant de l'hôtel, se dirigea à grandes enjambées vers l'autre extrémité du bourg.

— Qu'est-ce que tout cela signifie? se demanda maître Biguey, qui n'avait pas bu autant que ses hôtes. Le patron ne vient pas au banquet; le clerc s'enfuit comme un voleur. Que se passe-t-il donc chez Mᵉ Alonzy?

II

Pierre essayait de faire contre mauvaise fortune bon cœur et sifflait entre ses dents un air alors en vogue dans un « beuglant » de Dax. Mais malgré tous les efforts d'imagination auxquels il se livrait pour ne voir que le côté romanesque de sa situation, il ne pouvait pardonner à l'auteur du billet cet appel par trop impérieux. Les sacrifices d'amour-propre sont ceux qui coûtent le plus à l'orgueil masculin. Camelongue, dans le dépit qu'il éprouvait de ne pouvoir recevoir sa médaille, sentait ce soir-là mieux que jamais le poids de sa chaîne.

Il suivit ainsi la Grand'Rue jusqu'à son point de bifurcation avec la rue d'Espagne et, dans son empressement, il vint presque butter contre la grille de l'arbre de la Liberté, planté quelques mois auparavant sur l'emplacement d'une vieille croix en pierre. C'est du jour de cette plantation solennelle faite sous la présidence de M. Alonzy, assisté de tout son conseil municipal, et en présence de tous les habitants du bourg, que datait le bonheur de Pierre. A cette place même, il avait risqué une première déclaration et reçu un premier aveu. Il lui semblait que ces événements fussent déjà vieux d'un siècle, tant son amour s'était refroidi depuis lors. De même que le cœur de Pierre, l'arbre jadis plein de vie avait bien changé pendant ces quelques mois. Ce n'était plus, malgré le fumier officiel dont on l'avait entouré, qu'un pauvre ormeau phtisique et presque dépouillé de feuilles, au pied duquel les marmots de Rongeos, dans un accès de civisme précoce, avaient jeté, en guise d'offrande, quelques sabots hors d'usage.

Camelongue s'engagea dans la rue d'Espagne et s'arrêta au bout de cinquante pas environ devant une maison de construction moderne, dont la façade, chargée d'ornements prétentieux et manquant de style, avait cet aspect caractéristique qui fait reconnaître à première vue la demeure d'un parvenu.

C'était bien en effet un parvenu, ce Mᵉ Alonzy dont les panonceaux dorés surmontaient la porte d'entrée. Né en 1840 de parents sans fortune, orphelin quatre ans plus tard, il avait été recueilli par charité par le curé de Rongeos, qui lui avait voué, malgré sa perversité précoce et son caractère insoumis, une affection aveugle et quasi-maternelle. Lorsque l'enfant eut treize ans, le bonhomme, forcé d'ouvrir les yeux sur les mauvais instincts de son protégé, s'accusa de faiblesse, et voulant confier à des mains moins débiles l'éducation de cette âme tourmentée, il le fit admettre au Petit-Séminaire. Cette séparation qui brisa le

cœur du vieux prêtre fut presque une joie pour l'enfant. Au séminaire, sa perversité subsista, mais devint sournoise. Après quelques incartades sévèrement réprimées, il comprit que le meilleur moyen d'être choyé par ses maîtres était de feindre une piété profonde et une vocation ecclésiastique bien arrêtée. Grâce à cette hypocrisie, il passa bientôt pour un élève exemplaire. Son vieux protecteur versa des larmes de joie à la nouvelle de cette prétendue conversion.

Mais un jour, il avait dix-huit ans, il fut obligé de jeter le masque. Le futur abbé fut surpris parlant de fort près à une jeune ouvrière à laquelle il dépeignait sans doute les joies pures du sacerdoce. Comme il ne pouvait nier, le délit étant flagrant, il ne chercha aucune excuse et ne feignit aucun repentir. D'ailleurs, ses études étant terminées, sa comédie devenait inutile. Il jeta donc le froc aux orties, quitta le séminaire l'injure aux lèvres, et revint à Rongeos où son bienfaiteur faillit devenir fou de douleur, en découvrant pour la seconde fois quelle couleuvre il avait réchauffée dans son sein.

Néanmoins, confiant dans les promesses du jeune homme, il eut encore la faiblesse de lui donner l'argent nécessaire pour se rendre à Paris où il voulait apprendre le notariat. A Paris, Alonzy végéta pendant plus de dix ans, n'écrivant à son vieil ami que pour lui demander des subsides. Ambitieux et sans principes, il se sentait de force à entreprendre de grandes choses, mais la destinée semblait lui en refuser l'occasion et il restait troisième clerc, avec des appointements dérisoires. Il devint joueur et put, dans les jours de veine, goûter les voluptés que donne la richesse. Mais le lendemain, sa médiocrité ne lui en paraissait que plus amère. Dans les dernières années de l'empire, il embrassa, comme tous les affamés de l'époque, les idées républicaines et eut plus d'une fois l'occasion de trinquer avec les chefs de l'opposition, dans les tavernes du quartier.

En mai 1870, comme il rentrait chez lui à quatre heures du matin, après avoir perdu au jeu jusqu'à son dernier sou, il trouva sur sa table une lettre de Mᵉ Desqueyroux, notaire à Rongeos, lui apprenant la mort du vieux curé et ses dernières volontés. Il léguait à Alonzy tout son avoir, comprenant sept à huit mille francs environ, sous la condition qu'il viendrait passer six mois chez Mᵉ Desqueyroux comme premier clerc. C'était une suprême tentative faite par le vieux prêtre, d'accord avec son ami le notaire, pour tâcher de ramener l'enfant prodigue et de l'arracher de Babylone.

Alonzy n'eut pas une larme de regret pour le mort. Quant à l'héritage, si maigre qu'il fût, il le trouva bon à prendre et partit immédiatement pour Rongeos, prêt à exécuter la condition imposée par le testateur. Devenu premier clerc de Mᵉ Desqueyroux, il fut surpris du peu d'importance de l'étude et en découvrit bientôt la cause. Son patron, vieux notaire, observateur scrupuleux des règles professionnelles, ne se montrait pas assez souple envers les clients. Il n'acceptait de sommes qu'à titre de dépôt et sans intérêts jusqu'à leur placement effectif, ne faisait aucune réduction d'honoraires. Aussi, à part quelques familles l'appréciant à sa juste valeur, une foule de prêteurs et d'emprunteurs avaient déserté son étude pour s'adresser aux notaires des communes voisines.

Lorsque vint la guerre de 1870 et la chute de l'empire, Alonzy, qui avait échappé à la mobilisation par suite d'une fracture sans gravité, vit ses anciens amis du quartier latin occuper de gros emplois sous le gouvernement provisoire. Il n'envia pas cette élévation qui lui semblait éphémère, mais il songea à l'exploiter à son profit. Il intrigua si activement qu'au milieu du désarroi général il parvint à faire créer à Rongeos, par un décret du gouvernement de la Défense Nationale, un second office de notaire dont il devint titulaire, à la charge de payer à Mᵉ Desqueyroux une indemnité dérisoire.

A partir de ce moment, Alonzy s'était senti maître de sa destinée. A vrai dire, il avait tout d'abord été mis à l'index par tous les notaires de l'arrondissement et par une partie de la population. Mais bientôt, sa fausse bonhomie, sa complaisance inépuisable, la facilité avec laquelle il rédigeait, sans observations, sous la dictée du client, les actes les plus saugrenus, enfin et surtout son habitude de servir immédiatement les intérêts de toutes les sommes déposées dans ses mains, tout cela lui attira en peu de temps une clientèle nombreuse. Inutile de dire que les sommes dont il servait l'intérêt ne demeuraient pas dans son coffre-fort, mais se trouvaient immédiatement engagées dans des opérations de bourse souvent très lucratives, toujours très hasardées. La cupidité du paysan met ainsi parfois sa prudence en défaut. Toutefois, cette confiance fut justifiée par les événements. Le notaire, comme les joueurs heureux, payait aussi facilement qu'il encaissait. Aussi son crédit s'affermit-il de jour en jour.

En 1876, il épousa Hermance Castera, fille d'un riche marchand de bois de Rongeos, récemment retiré des affaires. C'était une belle fille de dix-huit ans, ornée de quatre-vingt mille francs de dot, qui venait de terminer son éducation à Bordeaux, au couvent des Dames de la Réunion. Nature sensuelle et passionnée, n'ayant au surplus aucune des qualités qui font les épouses aimantes et dévouées, Hermance, après avoir essayé d'aimer son mari, ne tarda pas à découvrir son profond égoïsme. Elle se détacha peu à peu de lui, devint coquette et dépensière et commit, s'il faut en croire l'institutrice, son ennemie, quelques inconséquences soigneusement dissimulées, car elle craignait son mari tout en le méprisant. Quant à lui, il semblait ne pas s'apercevoir de l'aversion qu'il inspirait à sa femme. Il passait pour avoir des maîtresses à Bayonne où il allait souvent, surtout pendant la saison des bains.

Il avait d'ailleurs bien d'autres chiens à fouetter. Pendant la période du Seize-Mai, il s'était mis résolument à la tête de l'opposition, et, lorsque les républicains reprirent le pou-

2

voir, il se trouva devenu un personnage. Nommé conseiller municipal, puis maire de Rongeos, et enfin conseiller général du canton, il était en 188... à l'apogée de sa puissance.

Pierre, après avoir jeté un regard autour de lui, pour voir si personne n'était aux aguets, imita à s'y méprendre le cri de la chouette. Une femme vêtue d'un peignoir bleu, la tête couverte d'une mantille, apparut à une fenêtre du premier étage. Une minute après, la petite porte du jardin s'ouvrait discrètement et Pierre s'y glissait sans bruit et suivait sans mot dire son introductrice. Ils traversèrent la cuisine, montèrent par l'escalier de service jusqu'au second étage et s'arrêtèrent dans une sorte de grenier meublé de quatre ou cinq fauteuils boiteux, d'une petite échelle, de quelques bouteilles d'encre vides et d'un grand nombre de cartons poudreux. C'étaient les archives de Mᵉ Alonzy. On ne venait presque jamais dans cette pièce, surtout le soir; c'est pour cela que Mᵐᵉ Alonzy l'avait choisie pour ses entrevues secrètes.

— Qu'avez-vous de si pressé à me dire? s'écria Pierre d'un ton bourru, dès qu'elle eut refermé la porte.

— Nous sommes perdus! fit-elle d'une voix sourde. Mon mari sait tout!

— Diable! En es-tu bien sûre? Qui te le fait croire?

— Ce matin, il est resté dans son cabinet beaucoup plus tard que les autres dimanches. Je suis allée plusieurs fois sur la pointe des pieds le regarder par le trou de la serrure.

Il paraissait soucieux, écrivait des notes, les déchirait. Puis je l'ai vu prendre son revolver, en faire jouer la détente, le charger... J'étais paralysée par la frayeur. C'est un miracle que je ne sois pas tombée ou que je n'aie pas poussé un cri. A un moment, j'ai cru qu'il m'avait entendue et qu'il allait ouvrir la porte et me surprendre. Je me suis sauvée, éperdue, dans le jardin.

— Tu t'es inquiétée à tort, dit Pierre. N'arrive-t-il pas à tout le monde d'essayer la détente d'un revolver, sans avoir l'idée de tuer personne?

— Ce n'est pas tout, reprit-elle. A déjeuner, il ne m'a pas dit une parole. J'étais plus morte que vive et cependant j'essayais de manger pour me donner une contenance. Lui qui boit très peu d'ordinaire, je l'ai vu se verser je ne sais combien de verres de vin. Il me jetait parfois un regard étrange, semblait avoir envie de me parler, puis se passait la main sur le front et retombait dans son mutisme.

— Que prouve tout cela? Quelques préoccupations d'affaires, rien de plus!

— J'aurais voulu le croire. Quand je t'ai vu venir aux courses, j'ai été un peu rassurée, je me suis sentie presque gaie, et j'ai éprouvé en te voyant gagner le championnat une minute de véritable bonheur! Que tu étais beau, mon Pierre! — Mais, hélas! ma joie a été courte. Aussitôt après les courses, au lieu d'aller au banquet, il s'est de nouveau enfermé dans son cabinet pendant plusieurs heures. Je n'ai pas osé regarder ce qu'il y faisait. Justine se désolait de voir son dîner trop cuit, mais je n'osais le faire appeler. Enfin, vers dix heures, il est sorti, sa valise à la main, fermant sa porte à double tour, et sans dîner, sans me dire adieu, il est parti criant à Justine qu'il ne rentrerait que demain matin. Il s'est dirigé vers le faubourg en suivant la rue d'Espagne. J'ai dit à Justine de le suivre de loin; elle est revenue quelques minutes après : elle l'avait vu entrer dans la remise qu'il a louée il y a six mois à l'entrée du faubourg. C'est alors que je t'ai fait prévenir.

— Tout cela est étrange, je l'avoue, dit Pierre. Mais enfin que crains-tu? Et en supposant que tes craintes soient fondées, que puis-je y faire, moi?

— Ce que je crains! Qu'il ne nous tue tous les deux! C'est pour cela que je veux fuir au plus vite!

— Fuir! Quelle folie! Et où irais-tu?

— En Espagne.

— Comment?

— En chemin de fer, en voiture, à cheval! Peu m'importe.

— Une femme seule! c'est impossible, c'est insensé.

— Aussi ne fuirai-je pas seule, mais avec quelqu'un.

— Avec qui?

— Avec toi!

— Merci bien! mais moi, Madame, je n'ai aucune envie de fuir, et bien qu'il m'en coûte de vous refuser quelque chose, ne comptez pas sur moi!

— Tu refuses! dit-elle.

— Absolument.

— Vous voilà bien, vous autres hommes, s'écria Hermance que cette résistance exaspérait. Avec vos serments d'amour éternel, vos promesses de dévouement sans bornes, tous les mêmes, tous parjures, tous égoïstes et lâches! Ah! j'y vois clair maintenant. Tu ne m'aimes plus. Tu ne m'as jamais aimée!

— Mais si, ma chérie, je t'ai aimée et je t'aime encore! répondit Pierre en lui prenant les mains et en essayant de conjurer l'orage. La meilleure preuve que je t'aime, c'est que j'ai quitté le banquet pour obéir à ton appel et accourir auprès de toi, au moment où j'allais recevoir ma médaille...

— Ta médaille! il s'agit bien de ta médaille! Je te dis que notre vie est en danger: mes pressentiments ne peuvent me tromper; et qu'il faut fuir, fuir au plus vite!

— Mais fuir, y songes-tu? C'est pour toi l'aveu de la faute, le scandale, la vie d'aventures, tout cela pour une crainte peut-être chimérique! Pour moi, c'est ma carrière brisée, mon avenir compromis...

— Oh! les pauvres arguments! les misérables obstacles! dit-elle en le regardant d'un air de pitié dédaigneuse. Il te tarde donc bien d'être notaire, marié..., trompé comme les autres. C'est cette ambition mesquine, ce respect des préjugés qui te retiennent, qui te font fouler aux pieds le cœur d'une femme qui t'adore! Est-ce bien toi qui me disais il y a quelques mois que tout ton bonheur serait de fuir avec moi au bout du monde? Voilà donc ce que valent tes paroles? Comment ai-je pu croire ces mensonges? Comment ai-je été assez folle pour me donner à toi?

— Voyons, Hermance, un peu de calme!

— Du calme! tu oses me conseiller d'être calme! reprit-elle avec un éclair de fureur dans les yeux et en tordant ses belles mains, lorsque tout s'écroule pour moi, lorsque je m'attends à chaque minute à recevoir la mort de mon mari, lorsque je me vois abandonnée par toi, ce qui est pire que la mort! La mort! pourquoi la fuirais-je, après tout? N'est-ce pas la fin de tous les maux? Tiens, va-t-en, je me sens trop lasse, trop dégoûtée de la vie pour songer à me défendre! Que mon mari revienne, je n'attendrai pas qu'il m'interroge, je lui dirai tout!

Pâle, les yeux hagards, les narines frémissantes, la bouche tordue par un rictus farouche, elle était sublime de rage, de passion et de désespoir. A sa vue Pierre se sentait partagé entre la frayeur et l'admiration.

— Ne fais pas cette sottise, ma pauvre Hermance. Reviens à toi, et prends bien garde; il suffirait d'une parole imprudente pour nous perdre tous les deux.

— Voilà que tu trembles à ton tour, toi qui tout à l'heure te riais de mes craintes. Je te le répète, tu n'es qu'un lâche, dit-elle en le foudroyant d'un regard de mépris. Mais que tu

Je veuilles ou non, tu partageras mon sort quel qu'il soit. A toi de choisir entre la fuite ou la mort!

Pierre, mis au pied du mur, le sang fouetté par cette colère et par ces outrages, éprouvait le désir de se relever aux yeux de sa maîtresse. Il comprenait que sa prudence allait le perdre sans retour dans l'esprit d'Hermance et que, s'il continuait à résister, c'en était fait de leurs amours. Cette idée le faisait souffrir, car elle lui paraissait en ce moment bien belle et bien désirable. Jamais, bien certainement, aucune autre femme ne l'aimerait avec autant de passion. Il fallait pourtant prendre un parti.

Hermance s'aperçut bien vite qu'il faiblissait et que son regard annonçait une lutte intérieure. Elle s'approcha de lui, et, devenue subitement caressante, elle lui mit ses bras autour du cou et leva sur lui ses beaux yeux tout humides de larmes.

— Pierre, murmura-t-elle d'une voix suppliante, tu ne veux donc plus de moi! Suis-je donc bien laide et bien ridée? Pourquoi ne pas fuir avec moi? Dans quelques heures nous serions en sûreté, nous pourrions nous aimer librement sans contrainte. Je te ferais oublier tout ce qui peut te retenir ici, et je mettrais dans ta vie tant de baisers et de caresses qu'il n'y resterait plus de place pour les regrets! Partons-nous? Dis!

— Ma chérie, je partirais bien, si c'était possible; mais, encore une fois, ce serait une folie. Avec quoi pourrions-nous vivre à l'étranger?

— N'ai-je pas ma dot? N'ai-je pas mon père qui pourrait blâmer ma conduite, mais qui certainement ne me laisserait pas mourir de faim?

— Tout cela est fort bien pour toi. Mais moi, sans fortune, avec quoi vivrais-je?

— Est-ce que tout ne serait pas commun entre nous? Pourquoi fais-tu un haut-le-corps? Tu ne m'aimes donc pas assez pour accepter ce partage? Vous autres hommes, vous ne comprenez pas l'amour absolu ni toutes ses conséquences. Après tout, tu trouverais toujours à l'étranger quelques moyens d'existence : un homme se tire toujours d'affaire. Si nous allions en Angleterre, tu gagnerais dans les courses tous les prix que tu voudrais. D'ailleurs, à quoi bon prévoir les obstacles? Ne t'inquiète pas de mon avenir : toutes les privations, tous les sacrifices me seront doux si je vis avec toi. L'amour n'est-il pas la plus précieuse des richesses? Et n'en sommes-nous pas riches à millions? Ose me démentir! fit-elle en se serrant plus étroitement contre lui et en collant ses lèvres aux siennes.

Camelongue n'était plus maître de lui. Ces ardentes caresses le replongeaient brusquement dans l'ivresse des premiers jours de leur liaison. Si cette ivresse avait fait place à la lassitude, c'était à cause de la banale sécurité de leurs derniers rendez-vous. La crise qu'ils traversaient produisait une réaction soudaine. Cet amour, qu'une demi-heure auparavant il croyait presque éteint, se rallumait en lui plus ardent que jamais. La fièvre du désir envahissait, victorieuse cette âme mal gardée, brisant une volonté sans consistance et faisant taire une raison sans autorité. Désormais il était prêt aux résolutions les plus perverses et aux plus folles équipées.

— Partons donc, puisque tu le veux! s'écria-t-il, en la prenant à son tour dans ses bras et en couvrant de baisers fous sa nuque et son visage.

— Enfin, cher bien-aimé, fit-elle avec un sourire de triomphe, je te retrouve tel que je t'ai connu, tel que je voudrais toujours te voir! Mais ne perdons pas de temps. Suis-moi.

Elle le fit descendre, cette fois par le grand escalier.

— Il n'y a qu'une demi-heure qu'il est parti, dit-elle. Alors même qu'il nous tendrait un piège, il ne reviendrait pas de quelque temps. D'ailleurs Justine fait le guet et nous préviendrait.

— Il a fermé à clef la porte de son cabinet donnant sur le corridor, continua-t-elle. C'est pour nous empêcher d'y entrer Justine et moi. Mais comme c'est dimanche, il a dû laisser ouverte l'autre porte, celle qui donne dans l'étude. As-tu sur toi la clef de l'étude?

— Oui, dit Pierre.

— Donne-la-moi.

— Que veux-tu faire?

— Tu vas voir.

Elle entra dans l'étude. Selon ses prévisions, la porte du cabinet était ouverte.

— Entre! dit-elle..... Attends-moi un instant. Je reviens.

— Mais, encore une fois.....

— As-tu peur?

Il avait peur en effet, une peur sotte, puérile. Dans cette pièce il redevenait le clerc de notaire, tremblant d'être surpris par son patron. Chose étrange, il éprouvait des scrupules pour entrer dans le cabinet de cet homme dont il était résolu à enlever la femme!

— Me voici! dit Hermance, apportant une boîte pleine d'outils. Maintenant, à l'ouvrage! Viens m'aider, dit-elle à Pierre qui, frappé de stupeur, la regardait sans faire un mouvement.

— Mais viens donc! Crois-tu qu'il s'ouvrira tout seul? reprit-elle en montrant du doigt le coffre-fort.

— Quoi! tu veux..... l'ouvrir! balbutia Pierre dont les dents claquaient.

— Mais oui! répondit-elle impatientée, ou plutôt c'est toi qui vas l'ouvrir : je ne suis pas assez forte.

— Jamais! dit-il. Je ne suis pas un voleur!

— Que tu es enfant! dit-elle, vas-tu reculer maintenant? D'ailleurs, qui te parle de voler? Ce que je veux prendre, c'est mon bien, c'est ma dot : rien de plus. Crois-tu qu'il poussera l'amabilité jusqu'à me la faire parvenir lorsque nous serons là-bas? Tu vois donc bien qu'il faut que je me rembourse moi-même!

— De combien est ta dot?

— De quatre-vingt mille francs.

— En es-tu bien sûre?

— Incrédule!... C'est vraiment trop fort! Mais, j'y songe, puisqu'il te faut des preuves, regarde et sois convaincu!

Elle ouvrit un carton portant l'étiquette *papiers personnels* et en tira une expédition couverte d'une chemise bleu pâle et cousue au moyen de faveurs roses.

— Voici *notre* contrat de mariage, fit-elle en le tendant à Camelongue.

Il le parcourut rapidement et vit qu'en effet le père de la future épouse avait constitué en dot à sa fille quatre-vingt mille francs en valeurs diverses.

La conscience un peu rassurée par cette lecture, mais la main encore tremblante, il reçut des mains d'Hermance une pince avec laquelle il se mit à l'œuvre :

Le coffre-fort était de faibles dimensions, assez solide néanmoins pour que Camelongue

dût pratiquer plusieurs pesées avant de réussir à le forcer. L'émotion qu'il éprouvait lui enlevait une partie de sa vigueur et le rendait fort maladroit. Il avait la gorge serrée et sentait une sueur froide ruisseler sur son front.

Enfin, à un dernier effort, la porte s'ouvrit avec un craquement sinistre. Camelongue épuisé s'affaissa sur une chaise, tandis qu'Hermance, les mains tendues, l'œil avide, s'élan-çait vers le coffre-fort.

— Grand Dieu! il est vide!'s'écria-t-elle atterrée.

Pierre, hébété, restait sur sa chaise et paraissait ne pas comprendre ce que cette décou-verte avait de terrible pour eux.

— Vide! reprit-elle d'un ton irrité. Et cependant je suis sûre qu'il y avait là, avant-hier encore, de l'argent et des titres. N'avait-il pas reçu des dépôts récemment?

— Si, répondit Pierre. La semaine dernière ton père M. Castera lui a remis 30,000 francs; Biguey, 5,000; Capdebos, le boucher, 3,000; Lahourcade, le coutelier, 15,000; et bien d'autres encore.

—Mais, alors, qu'est devenu cet argent?... Quelqu'un l'aurait-il volé?

— Je ne sais, dit Camelongue, mais ce qui est certain, ajouta-t-il avec effroi, c'est que nous serions accusés du vol, si l'on nous surprenait ici!

— On ne nous surprendra pas, dit-elle. Plus que jamais, Pierre, il faut fuir! Et au plus vite, ou nous sommes doublement perdus!

— Fuir sans argent?

— Sans argent! Plus tard nous aviserons; nous en demanderons à mon père. Mettons-nous d'abord en sûreté.

— Mais comment gagner la frontière? En chemin de fer?

— Non! on nous reconnaîtrait à la gare; du reste il n'y a pas de train avant quatre heures du matin.

— En voiture?

— Non plus! Il n'y a pas ici de voiturier digne de confiance.

— Comment alors?

— En tricycle, veux-tu? sur ton tandem.

— Mais pour toi ce sera bien incommode. La route est longue!

—.Qu'importe,.mon chéri, je m'installerai le mieux que je pourrai. Mais toi, mon vail-lant champion, pourras-tu me traîner jusque-là? T'en sens-tu la force?

— Pour cela oui! dit Pierre, qui se sentait dans son élément et se remettait un peu de sa stupeur à l'idée de ce voyage sur son véhicule favori. La route est belle; il fait clair de lune; nous pourrons être à Irun avant six heures du matin. Seulement on n'est pas encore habitué à voir des femmes voyager en tricycle, surtout la nuit. Cela pourrait éveiller les soupçons...

—.Eh bien! je m'habillerai en homme! Tu me prêteras tes habits. On nous prendra pour des vélocemen revenant chez eux après les courses. Ce sera charmant! fit-elle, oubliant presque, en songeant à ce travestissement, la gravité des circonstances. Allons vite chez toi et partons aussitôt mon déguisement achevé.

Ils sortirent. Pierre, devenu fataliste, avait maintenant pris son parti. Il respirait plus librement hors de cette maison où il venait de commettre une effraction. Quant à Her-mance, malgré tout ce qui la déterminait à fuir, malgré sa résolution inébranlable, elle ne pouvait quitter sans émotion cette demeure où elle avait vécu plus de dix ans et où elle laissait une foule de meubles et des bibelots familiers. Elle éprouvait un violent serrement de cœur en disant adieu pour toujours à ces compagnons muets dont on n'apprécie l'amitié latente qu'au moment même où on la perd. Avec cette élasticité de conscience qui n'est pas rare chez les femmes, elle confondait dans sa rêverie les premiers temps de son mariage avec ses dernières amours, et évoquait en même temps, sans rougir de ce cynique mélange, le souvenir des caresses de l'époux et de l'amant.

— Suis-je étourdie! dit-elle en s'arrêtant sur le seuil au moment de fermer la porte de la rue. J'allais partir sans mes bijoux. Je remonte pour les prendre. A défaut d'argent, ils pourront nous servir.

— Reviens vite! dit Pierre qui avait hâte de s'éloigner.

Elle s'élança dans sa chambre, heureuse d'avoir trouvé cette occasion de la revoir une dernière fois, ouvrit divers tiroirs de son bonheur du jour et mit ses bijoux, sans leurs écrins, au fond d'une sacoche de voyage. Puis, la sacoche n'étant qu'à moitié remplie, elle courut d'un meuble à l'autre, y fourrant au hasard quelques-uns des objets qui se trouvaient sous sa main : des cheveux de sa mère, son paroissien de première communion à couverture d'ivoire, son chapelet, son bouquet de mariage, la photographie de son mari, et enfin des fleurs que Pierre lui avait données.

Sa moisson terminée, elle rejoignit son amant et referma sans bruit la porte de la rue.

— Justine a la clef de la porte du jardin, dit-elle, nous allons la relever de sa faction et lui dire qu'elle peut rentrer.

A cinquante pas plus loin ils trouvèrent en effet la bonne.

— Retournez à la maison, Justine, et si Monsieur revient et me demande, vous lui direz que j'ai eu peur de rester seule et que je suis allée coucher chez mon père... Je ne vous reverrai peut-être pas de quelque temps. Tenez, gardez ceci en souvenir de moi, ajouta-t-elle en détachant un de ses bracelets qu'elle lui tendit.

— Madame est trop bonne! dit Justine. Je souhaite un bon voyage à Madame et à sa compagnie.

Et elle se dirigea vers la maison du notaire.

Pierre et Hermance suivirent silencieux la rue d'Espagne pendant deux cents mètres, puis rejoignirent la Grand'Rue par une traverse qui débouchait en face du groupe scolaire récemment établi à Rongeos. La maison où habitait Pierre était à l'angle de la Grand'Rue et de cette rue de traverse.

Sa chambre était au rez-de-chaussée; il y fit entrer Hermance.

— A mon tour de te faire attendre, lui dit-il en allumant une bougie. Je vais préparer ma machine pour la route; puis je t'apporterai les habits d'homme que tu dois revêtir.

Restée seule dans cette chambre où elle venait pour la première fois, Hermance se mit à l'examiner curieusement dans ses détails intimes, cherchant à y découvrir ce que Pierre avait pu lui cacher de son caractère, de sa manière de vivre et de son passé. Comme tous les logements de garçon, la chambre de Camelongue manquait d'ordre et de confortable. Le lit étroit et dur, les sièges peu nombreux et encombrés de livres de droit et de vêtements, la glace couverte de poussière, tout cela surprenait et choquait Hermance, habituée à tous les raffinements du bien-être. Au milieu de la pièce, sur un guéridon se trouvaient entassés pêle-mêle les objets les plus disparates : des brosses à habits, des vieux gants, une lanterne de tricycle, une lime à moitié coupé, une lime à ongles, un pot à tabac, des pipes et un monceau de cartes de visite et de lettres déjà jaunies par le temps. Un fragment de lettre à demi-brûlé, avec lequel Camelongue avait allumé sa pipe, était tombé sur le plancher. Hermance le ramassa. C'était une lettre de femme, sans signature et sans date. En la déchiffrant, elle fut surprise d'y trouver des phrases textuellement semblables aux siennes : la même passion débordante; les mêmes exagérations de style. Ainsi, il avait eu d'autres maîtresses qui semblaient l'avoir aimé autant qu'elle-même l'aimait aujourd'hui. Et voilà le cas qu'il faisait de leur tendresse! Qui sait s'il n'allait pas l'oublier bien vite, elle aussi, et si ses lettres, où elle avait mis toute son âme, ne seraient pas bientôt exposées à de telles profanations!

Elle était toute songeuse, lorsqu'il rentra apportant un paquet de vêtements.

— Tout est prêt, lui dit-il, tu n'as plus qu'à changer d'habits. Essaie parmi ceux-là.

— Alors laisse-moi un moment, lui dit-elle... Tu me gênes!

— Vraiment? dit Pierre avec un sourire... Bah! entre hommes!

— Non! je t'en prie, laisse-moi seule! fit-elle d'un ton suppliant.

Pierre obéit un peu à contre-cœur et sortit dans le corridor.

— Impossible d'entrer dans tes habits, dit-elle en entr'ouvrant la porte. Ils sont à la fois trop longs et trop étroits. Les manches de ton veston me viennent jusqu'au bout des doigts, et je ne puis le boutonner par devant.

— Cela ne m'étonne pas, dit Pierre. Ce serait vraiment dommage si mes vêtements t'allaient bien.

— Comment faire?

— Si tu essayais mon maillot de course? Il est tellement souple, qu'il va à tout le monde.

— Mais c'est bien collant! fit-elle.

— Qu'importe! il fait nuit. D'ailleurs, à Irun tu reprendras tes vêtements de femme, que je vais mettre dans ma valise.

Elle referma la porte. Deux minutes après, elle invita Pierre à rentrer.

— J'ai honte! lui dit-elle en rougissant. Je dois avoir l'air d'une saltimbanque. Pourquoi me regardes-tu comme cela?

3

— Parce que tu es divinement belle! s'écria Pierre, l'attirant à lui et lui mettant un baiser derrière le cou, presque dans le dos, à l'endroit où s'arrêtait le maillot, très large d'encolure.

— Laisse-moi! dit-elle frissonnante. Ne perdons pas de temps.

Dans ce vêtement qui moulait ses formes, elle avait peur comme si elle eût été nue, tellement cette absence de jupes lui paraissait étrange.

— Tu as raison, fit-il. Remets maintenant mon veston sans le boutonner entièrement; prends ta sacoche et partons.

— Mais si l'on voit mes cheveux, dit-elle, je n'aurai pas l'air d'un homme. Que pourrais-je bien mettre sur ma tête?

— Tiens, voici mon béret; enfonce-le jusqu'aux sourcils et jusqu'aux oreilles.

— Quelle drôle de figure cela me fait, dit-elle, se regardant dans la glace.

— En route, maintenant!

Il ouvrit la porte et poussa dans la rue son tandem, sur lequel était déjà une valise contenant des vêtements, des objets de toilette et quelques provisions.

Minuit sonnait. La Grand'Rue était déserte et silencieuse, les maisons closes; seul l'*Hôtel de l'Univers*, à trois cents mètres plus loin, était encore éclairé. On entendait, malgré la distance, la voix vibrante de Lepeugue, qui chantait pour terminer la fête.

La lune, alors presque au zénith, éclairait vivement la rue.

— Quelle belle nuit! dit Hermance en s'asseyant sur le siège de derrière.

— Presque trop belle, dit Pierre, se mettant à son tour en selle et jetant autour de lui un regard inquiet. Quelqu'un pourrait bien nous voir.

— Bah! Tout le monde dort à cette heure.

Hermance se trompait. Le pavillon central du groupe scolaire projetait une ombre noire sur l'aile nord, où était l'école des filles. De la fenêtre de sa chambre, Mélina Dehilotte, l'institutrice, protégée par cette ombre, voyant sans être vue, assistait avec une joie maligne à ce départ qui confirmait si bien ses soupçons et rendait sa vengeance si facile.

Sous l'effort des jarrets vigoureux de Camelongue, le tandem prit bientôt une allure rapide. Au bout de quelques minutes, les fugitifs perdirent de vue les dernières maisons du faubourg.

III

Pendant la première demi-heure, ils ne se parlèrent presque pas. Ils étaient encore trop près de Rongeos pour se croire en sûreté et craignaient de rencontrer quelque habitant du bourg revenant à pied ou en carriole d'une commune voisine. Hermance se retournait sans cesse pour voir s'ils n'étaient pas poursuivis. La rapidité de la marche l'étourdissait. Au moindre cahot, elle se cramponnait aux poignées du tricycle, craignant de perdre l'équilibre.

Au surplus, ils avaient d'autres motifs pour garder le silence. Chacun d'eux réfléchissait aux événements dramatiques de la soirée. Le calme profond de cette nuit d'été, le spectacle de la nature endormie produisaient en eux une détente. A l'excitation fébrile des deux dernières heures succédait une sorte d'abattement. Ils sentaient maintenant toute la gravité de leur situation et regrettaient peut-être tout bas les résolutions irrévocables qu'ils venaient de prendre, elle par passion, lui par faiblesse. Toutefois, comme il était trop tard pour

reculer, ils se gardaient bien de se faire part de leurs réflexions. Au contraire ils s'effor-
çaient de bannir ces sombres pensées et d'envisager leur nouvelle existence sous son jour le
plus favorable.

Au bout de cinq kilomètres, n'ayant fait aucune rencontre fâcheuse, ils commencèrent à
se rassurer. La route, toute droite, se dirigeait vers le Sud-Ouest à travers un pays absolument plat. A droite, de rares maisons et quelques bois de pins; à gauche, à très peu de
distance, la voie du chemin de fer parallèle à la route, pendant plus de dix kilomètres;
au delà, la lande, à perte de vue.

Ils entendaient depuis longtemps un roulement de plus en plus distinct. Bientôt ils
aperçurent deux points brillants qui se rapprochaient d'eux. C'était le train n° 52 allant de

Bayonne à Bordeaux. Il passa près d'eux comme un éclair. A cette vue Hermance eut un
souvenir. C'est ce train qu'elle avait pris dix ans auparavant avec son mari, pour faire leur
voyage de noces. Elle revoyait le coupé confortable, aux banquettes capitonnées, dans l'angle
duquel elle se blottissait à la fois heureuse et craintive, feignant d'avoir sommeil, tandis que
lui, l'œil allumé, les mains fiévreuses, la réveillait à chaque instant par un baiser ou par
une étreinte de plus en plus tendre. Et lorsqu'elle reportait ses regards sur l'étroite sellette
du tricycle et sur le dos voûté de son amant transformé en bête de somme, elle était obligée
de reconnaître que le mariage avait ses bons côtés, et le roman ses inconvénients et ses
ridicules.

Puis, par un brusque retour, elle s'accusa d'ingratitude envers Pierre. N'était-ce pas pour elle qu'il accomplissait cette pénible tâche? N'avait-elle pas elle-même choisi ce mode de transport? De quoi se plaignait-elle? Attendrie, elle prit son mouchoir et essuya le cou et le front de Pierre, ruisselant de sueur. Il se retourna, charmé de cette attention, et l'en remercia par un baiser.

— Tu te fatigues, mon chéri, lui dit-elle.

— Pas le moins du monde, répondit Pierre. Vois plutôt.

A ce moment, il était une heure, ils passaient devant Labenne, d'où partait un train de marchandises allant dans le même sens qu'eux.

Pierre redoubla de vitesse. Il dépassait un à un les fourgons aux lanternes rouges, tandis que la lourde machine semblait haleter de fureur à la vue de cet audacieux concurrent.

— Pierre! Pierre! Pas si vite! s'écria Hermance, j'ai peur de tomber, arrête-toi.

Il s'arrêta en effet et assez brusquement, car, dans sa course folle, il avait failli heurter une charrette à mules, chargée de charbon, qui débouchait sur la grande route par le chemin venant de Cap-Breton.

— Grand fou! Tu as failli nous faire tuer. Comme tu es fort! ajouta-t-elle avec admiration.

Un peu plus loin, la route traversait obliquement la voie ferrée. Ils mirent pied à terre pour éviter la secousse des rails.

— Cela me fait du bien de marcher, dit Hermance, j'avais les jambes tout engourdies.

A une heure et demie, ils passèrent sur le pont de Boudigau, au-dessus du canal de déversement des marais qui recouvrent l'emplacement de l'ancien étang d'Orx.

Le pays devenait plus accidenté. Ce n'était plus la région des landes proprement dites. A Ondres ils eurent à gravir une petite côté, puis redescendirent et traversèrent l'étang de Garros au bord duquel on apercevait, grâce au clair de lune, le château de Laroque.

La route se dirigeait maintenant vers le Sud. Les habitations devenaient plus nombreuses à mesure qu'on approchait de Bayonne.

A Tarnos, nouvelle côte à gravir. Pierre montra de loin à Hermance les châteaux Matignon et Castillon.

— Attention! tiens-toi bien aux poignées, lui dit-il en arrivant à la descente assez rapide du Moulin-Neuf.

Elle s'aguerrissait de plus en plus et prétendait qu'elle saurait non seulement l'aider, mais même faire marcher seule le tandem.

— Essaie, lui dit-il en s'arrêtant.

Elle appuya de toutes ses forces sur les pédales et fit avancer le tricycle de quelques mètres.

— Que c'est pénible! dit-elle. Moi qui croyais qu'il suffisait de remuer les jambes!

Ils repartirent et arrivèrent bientôt à Saint-Etienne où vient aboutir la route de Pau. Quelques charrettes chargées de bois se dirigeaient vers Bayonne.

Déjà on apercevait, au-dessus de la citadelle Saint-Esprit, la lueur produite par les lumières et les becs de gaz de la ville. La route, après avoir contourné les glacis, passait au-dessus de la tranchée qui fait suite à la gare et précède le tunnel.

L'horloge de l'Inscription maritime marquait deux heures et demie lorsqu'ils s'engagèrent sur le pont, ralentissant leur allure à cause du pavé.

L'Adour, tranquille et majestueux, reflétait la masse sombre du Réduit et la ville dont chaque bec de gaz produisait sur l'eau une longue traînée de lumière. Au-dessus des toitures apparaissaient les tours de la cathédrale.

Au milieu du pont, ils aperçurent un homme gisant sans mouvement en travers de la chaussée.

C'était un soldat ivre du 49e de ligne qui n'avait pas eu la force de regagner la caserne.

Pierre fit un détour : il ne voyait dans cet ivrogne qu'un obstacle à éviter. Mais Hermance, prise de pitié, l'arrêta.

— Il faut le mettre sur le trottoir, dit-elle, sinon on pourrait l'écraser.

Pierre obéit, d'un air maussade, et traîna le soldat jusqu'au parapet du pont, auquel il l'adossa.

— Laisse-moi donc dormir, sale muff! grogna l'ivrogne.

— Vous feriez mieux de rentrer au quartier, dit Pierre en le secouant. Si l'on vous ramasse ici, vous serez puni.

— Je m'en fiche un peu! reprit le soldat. Je suis de la classe, moi... Je ne veux plus rien savoir!... D'ailleurs, l'appel est *faite;* si je rentre, on me met à l'*ours;* j'aime mieux dormir ici, il fait plus frais... Qui es-tu, d'abord, toi, pour venir m'embêter? Fais voir tes galons... Ah! c'est encore toi, vélo de malheur! s'écria-t-il en apercevant le tricycle. Tu es donc de service pour me réveiller toutes les heures!... Mais non! dit-il en se frottant les yeux; je me trompe. Ton collègue était plus vieux et il était seul.

— Laissons cette brute, dit Pierre en remontant sur le tandem.

Ils atteignirent l'autre rive, passèrent sous la voûte du Réduit et franchirent la Nive.

Au lieu de traverser la ville, Pierre voulant éviter les rues pavées tourna à droite, dépassa le théâtre et suivit les quais jusqu'aux allées Marines.

Puis ils s'engagèrent sous les grands arbres des glacis et contournèrent les fortifications jusqu'à la porte d'Espagne, où ils reprirent la grande route.

Au delà du ruisseau d'Aritzague, la route s'élevait progressivement. Un peu avant Anglet, ils dépassèrent un landau d'où partaient de joyeux éclats de rire. C'étaient deux jeunes gens qui, après avoir soupé à Bayonne au *Panier-Fleuri,* revenaient à Biarritz avec leurs maîtresses. Celles-ci, excitées par le champagne, parlaient très fort et faisaient mille extravagances. Elles avaient ôté leurs chapeaux et en avaient coiffé leurs compagnons.

— En voilà qui ont de la vertu! dit l'une des femmes, au moment où ils passaient.

— D'autant plus, dit l'autre, qu'il n'y en a qu'un qui travaille. Voyez, le petit de derrière ne bronche pas. Quelle drôle de tête! continua-t-elle. Faut-il qu'il soit frileux pour enfoncer son béret de la sorte!

— Le meunier, son fils et l'âne, dit l'un des jeunes gens.

— Je ne vois pas l'âne, fit l'autre.

— C'est vous ! s'écria la femme en riant.

Et le landau prit la route de Biarritz, tandis que Pierre et Hermance continuaient leur course vers l'Espagne.

Cette rencontre avait produit sur Hermance une impression pénible. Elle ne pouvait s'empêcher d'envier l'existence facile de ces femmes, leur gaîté insouciante et jusqu'à leur grossière impudence. Pierre, de son côté, se rappelait avec regret les scènes analogues de sa vie d'étudiant bordelais, les parties carrées à Mondésir, ou au Château-du-Diable. Tout cela était fini pour lui, pensait-il, maintenant qu'il était rivé pour la vie à Hermance et qu'il allait la traîner à travers le monde, comme il la traînait en ce moment avec effort sur cette interminable côte.

Ils atteignirent enfin la Négresse, dépassèrent la station du chemin de fer et aperçurent, au fond d'un vaste et sombre entonnoir de verdure, le miroir ovale du lac Mouriscot, où scintillaient les étoiles.

A quatre heures, ils passèrent à Bidart et, descendant la côte, ils aperçurent tout à coup l'Océan.

La lune baissait rapidement vers l'horizon et, s'enfonçant dans la brume, colorait de reflets orangés la crête des vagues, tandis qu'à l'est une teinte grisâtre annonçait l'approche du jour.

Les coqs chantaient dans les basses-cours. Sur la route, ils rencontraient des troupeaux se rendant au pâturage ou des laitières allant à Biarritz, assises avec leurs cartons sur des ânes lilliputiens.

A cinq heures, ils arrivaient à Saint-Jean-de-Luz.

— Quel beau spectacle ! s'écria Hermance.

En effet, c'était un coup d'œil féerique. A gauche, les montagnes : la Rhune avec sa masse d'un gris sombre nuancé de cobalt et sa cime dorée par le soleil levant, autour de laquelle couraient de légers nuages couleur de feu; plus loin, les Trois-Couronnes, le Jais-quibel. A droite, la baie, fermée d'un côté par les éboulis jaunâtres de Sainte-Barbe, et, de l'autre, par les grès noirs de la pointe de Socoa, dont le fort, vivement éclairé, se détachait en silhouette sur l'Océan gris perle. Enfin, devant eux, Saint-Jean-de-Luz avec ses vieilles maisons et ses hôtels modernes; Ciboure, avec ses maisons étagées; le Bordagain et sa tour en ruines; et la riche vallée de la Nivelle avec ses peupliers, ses luzernières, ses champs de maïs et ses pâturages.

Ils traversèrent rapidement la ville. Maintenant qu'il faisait jour, Hermance se sentait gênée par son déguisement masculin. Elle rougissait sous le regard curieux des jeunes Basques qu'ils rencontraient vêtus de leurs blouses courtes et coiffés de leurs petits bérets.

Comme ils franchissaient la Nivelle entre Saint-Jean-de-Luz et Ciboure, Hermance aperçut sur le pont un objet qu'il prit pour un serpent.

— Non, dit Pierre, ce n'est pas un serpent. C'est un caoutchouc détaché de la roue d'un tricycle. Il faut, ajouta-t-il en le ramassant, que celui qui l'a perdu soit bien inexpérimenté ou bien pressé pour l'avoir laissé là. Cela peut toujours servir, surtout quand c'est neuf, comme celui-ci.

— Il y a donc un tricycle devant nous? dit Hermance.

— Oui, répondit-il; sans doute quelque Bayonnais en promenade. Du reste, nous allons suivre ses traces. Vois comme la roue de droite a labouré la route. Le malheureux doit suer sang et eau s'il veut monter la côte que l'on trouve entre Urrugne et Béhobie.

— Est-elle donc bien raide? demanda Hermance.

— Oui, et elle a plusieurs kilomètres de long; cela suffit pour la rendre fatigante.

Ils s'arrêtèrent quelques instants à Urrugne. Pierre voulait se reposer un moment avant d'aborder la terrible côte. Ils profitèrent de cette halte pour faire un repas sommaire qui les réconforta. Puis Hermance prit dans la valise son peignoir et son manteau, afin de pouvoir les revêtir en approchant de Béhobie, avant de passer sous l'œil inquisiteur des douaniers et des carabiniers.

Comme ils arrivaient au point où commence la montée, ils aperçurent à huit cents mètres devant eux un tricycliste qui paraissait se donner beaucoup de mal.

Voilà notre homme! dit Pierre. Si j'étais seul, je me sentirais bien de force à le rattraper, ne fût-ce que pour lui rendre son caoutchouc. Mais ayant double charge, je dois me ménager.

Ils commencèrent donc à monter d'un allure régulière, mais modérée.

— Ah! mon Dieu! s'écria tout à coup Hermance, que veut dire cela? Vois!

Et elle lui montrait derrière eux, à près d'un kilomètre, au milieu d'un nuage de poussière, une carriole arrivant à toute vitesse.

— Qui sait si ce n'est pas mon mari qui nous poursuit?

— Comme tu t'alarmes vite! dit Pierre. Qui te prouve que ces gens-là poursuivent quelqu'un et surtout que c'est nous qu'ils poursuivent?

— Je n'en sais rien, mais j'ai peur. Je t'en prie, Pierre, ne les laisse pas nous atteindre.

— Bah! voyons d'abord à qui nous avons affaire; après, il sera temps de fuir.

La carriole s'était rapprochée. On entendait les claquements incessants du fouet. Mais aveuglés par le soleil encore voisin de l'horizon, Pierre et Hermance ne pouvaient distinguer les visages.

— Quels enragés! dit Pierre, mettant sa main devant ses yeux; ils vont crever leur cheval s'ils lui font monter toute la côte au galop. Et l'autre, le tricycliste, fit-il en se retournant, que devient-il? Bon, le voilà qui redouble de vitesse. Serait-ce lui qu'on poursuit?

La carriole n'était plus qu'à trois cents mètres d'eux. Soudain elle s'arrêta. Sur les cinq hommes qu'elle contenait, trois descendirent et se mirent à gravir la côte en courant, tandis que le cheval, cinglé de coups de fouet, repartait au galop.

— Malédiction! s'écria Pierre. Tu avais raison. C'est bien à nous qu'ils en veulent. Je les reconnais presque tous maintenant : Dehilotte, Biguey, Lahourcade, à pied; et, dans la voiture, Capdebos et un vieux... Qui est-ce donc?

— Mon père! Nous sommes perdus!

— Ils ne nous tiennent pas encore! dit Pierre, imprimant un élan vigoureux à son tandem. Mais comment ton mari n'est-il pas avec eux? Et pourquoi ton père a-t-il recruté cette singulière armée?

— Ne cherche pas à comprendre, dit Hermance. Fuyons!

Arrivés au haut de la côte, sur un plateau dépouillé d'arbres, ils allaient maintenant à fond de train et prenaient une avance considérable sur la carriole et les coureurs, qu'ils avaient perdus de vue.

En revanche, ils se rapprochaient sans cesse du tricycliste qui, malgré ses efforts surhumains, semblait incapable de soutenir la lutte.

— Quant à celui-là, dit Pierre, il faudra bien qu'il nous montre sa figure, et nous saurons pourquoi il est si pressé.

En effet, il n'était plus qu'à cent cinquante mètres devant eux lorsqu'il atteignit le point culminant du plateau à l'endroit où la route, formant un coude vers le sud, vient passer au-dessous d'un ancien télégraphe.

— Nous le rattraperons à la descente, dit Pierre.

Au moment de disparaître, le fugitif se retourna.

— Ciel! mon mari! cria Hermance.

Pierre s'arrêta court. Les deux amants se regardèrent avec épouvante.

Ils comprirent tout : la conduite étrange du notaire, l'état de son coffre-fort et enfin la poursuite acharnée des clients ruinés par sa fuite.

IV

Voici, en effet, ce qui s'était passé à Rongeos.

Pendant que Mélina accourait avec son oncle chez M⁰ Alonzy, pour lui annoncer le départ des deux amants, Biguey arrivait de son côté, très inquiet, accompagné de Lahourcade et de Capdebos le boucher qui, en ramenant un bœuf de Benesse, avait rencontré sur la route le notaire et son tricycle. Ils étaient tous entrés dans la maison, avaient découvert le coffre-fort brisé et vide et avaient discuté sur le point de savoir quel était l'auteur du vol, Mélina accusant Hermance, et les autres le notaire. Puis ils s'étaient décidés à partir à la poursuite de ce dernier dans la carriole du boucher, laissant à Mélina le soin de faire parvenir leur plainte au parquet de Dax, pour tâcher de faire arrêter le fugitif à la frontière. Au dernier moment, le père Castéra, qui avait confié à son gendre de grosses sommes formant presque toute sa fortune, s'était joint à eux ainsi que Dehilotte. A Bayonne, ils avaient changé de cheval et, depuis Bidard, sachant qu'ils étaient bien sur les traces du notaire, ils avaient redoublé d'efforts pour l'atteindre.

Après quelques secondes de stupeur, Pierre et Hermance reprirent leurs esprits.

— Nous voilà entre deux dangers, s'écria-t-elle : ou atteindre mon mari ou être atteints par mon père et ses acolytes. Ne pouvons-nous échapper à l'un et à l'autre, quitter la grande route, nous jeter dans un chemin de traverse?

— C'est impossible, dit Pierre, les traverses qui vont à Hendaye sont de véritables casse-cou.

— Alors, puisqu'il faut choisir, des deux maux choisissons le moindre et attendons mon père. Seulement je ne veux pas qu'on me voie dans cet accoutrement, dit-elle en sautant à terre. Et elle courut se cacher dans les fougères, à gauche de la route, et revêtit à la hâte son peignoir et son manteau de voyage dont elle rabattit le capuchon sur ses cheveux en désordre.

— Mais moi, dit Pierre, quelle tête veux-tu que je fasse et que vont-ils penser? Rester ensemble, n'est-ce pas tout avouer?

— Bah! il faut payer d'audace. Ils nous ont sans doute reconnus. A quoi bon nous cacher? D'ailleurs, ils ne nous mangeront pas. Les voici : laisse-moi faire.

La carriole apparaissait en effet au haut de la côte. Capdebos arrêta le cheval haletant et couvert d'écume, pendant que Dehilotte, Biguey et Lahourcade arrivaient tout essoufflés pour reprendre leur place.

— Dépêchez-vous donc! leur cria le boucher, presque aussi rouge qu'eux tant il s'était donné de mal à fouetter sa bête.

Hermance profitant de ce temps d'arrêt s'élança vers la voiture, tandis que Pierre, stupéfait de son aplomb, la suivait à quelques pas, se demandant comment elle allait se tirer de l'aventure.

— Vous voilà, mon père! s'écria-t-elle, vous le voyez, nous sommes aussi, M. Camelongue et moi, à la poursuite de mon mari. Dès que j'ai appris sa fuite, je me suis mise en route espérant l'atteindre à peu de distance de Rongeos, le raisonner, le décider à revenir. Pour une pareille tentative, vous le comprenez, il fallait partir vite et sans bruit; aussi.....

— Trêve de sornettes! dit le vieux Castéra, regardant sa fille bien en face. Nous savons à quoi nous en tenir et nous n'avons pas de temps à perdre. Que faites-vous là, jeune homme? cria-t-il à Camelongue, pourquoi vous arrêter? Le meilleur moyen de réparer vos torts, c'est de nous aider à rattraper le gredin qui nous ruine, ma fille et moi!

Comme Biguey et ses compagnons reprenaient leur place dans la voiture, Castéra en descendit lestement et y fit monter Hermance.

— Tiens, dit-il, prends ma place, moi je prends la tienne.

Et il sauta sur le tandem.

Toute cette scène avait duré moins d'une minute.

— En route! dit-il, et vivement. Il a au moins six cents mètres d'avance.

Les deux véhicules commencèrent alors une descente vertigineuse. On eût dit que le vieux Castéra avait fait du tricycle toute sa vie. Pierre, dominé par l'énergie du vieillard, ne ménageait pas ses efforts. Avec son caractère faible et passif, il prenait son parti de cette solution inattendue, et admirait l'ingénieuse explication d'Hermance, sans savoir ce qui résulterait de tout cela.

De son côté, Capdebos faisait prendre à son cheval une allure effrayante. C'était miracle si, à chaque tournant, ils ne versaient pas. Au moindre obstacle, au moindre faux pas, ils eussent été précipités sur la route avec tant de violence, qu'ils s'y seraient infailliblement broyés.

Toutefois la carriole fut bientôt distancée par le tandem.

Ils n'étaient qu'à deux kilomètres de Béhobie et ne voyaient pas encore le notaire.

— Le voici! cria Camelongue, au moment où le tandem dépassait un des tournants formés par la route.

— Enfin! répondit Castéra. Cette fois nous le tenons. N'est-ce pas?

— Je le crois, dit Camelongue. Voyez comme nous le gagnons. Ce n'est pas étonnant : l'une de ses roues est faussée, celle dont il a perdu le caoutchouc.

Un cri de triomphe s'éleva de la carriole qui, elle aussi, arrivait au tournant.

Le fugitif se retournait sans cesse et chaque fois se voyait serré de plus près.

Déjà on découvrait la Bidassoa s'élargissant dans la plaine. Au-dessous d'eux, Béhobie et son clocher d'ardoise. Lorsqu'ils atteignirent le bas de la côte et les premières maisons du bourg, ils aperçurent, stationnant devant la douane française, un convoi de plusieurs charrettes chargées de vin d'Espagne, autour desquelles se pressaient les douaniers jaugeant les fûts et vérifiant le degré des vins.

Au moment où Alonzy arrivait à la première charrette, à cinquante mètres de l'entrée du pont, Camelongue et Castéra n'étaient plus qu'à cinquante mètres derrière lui; la carriole à cent mètres.

Le notaire s'arrêta.

— Victoire! s'écria Castéra, il sent qu'il est perdu!

— Cré nom de D...! il nous échappe au contraire! dit Pierre, se rejetant en arrière et enrayant brusquement, voyez!

Alonzy venait de placer son tricycle en travers de l'étroit passage resté libre le long des charrettes, et après avoir coupé avec son couteau les courroies qui retenaient sa valise, il courait à toutes jambes vers le pont.

Malgré la pression du frein, le tandem lancé à toute vitesse ne put s'arrêter à temps et vint heurter le tricycle abandonné.

Il fallut mettre pied à terre et dégager le passage.

Pendant ce temps, Alonzy avait atteint l'entrée du pont sur lequel il s'avançait d'un pas tranquille.

— Arrêtez-le, criaient en même temps Camelongue, Castéra et les gens de la carriole.

Mais les douaniers français, absorbés par leur travail et assourdis par les coups de maillet frappés sur les fûts pour en faire sauter la bonde, n'entendirent pas le cri. Celui qui était en faction sur le pont ne broncha pas, n'ayant aucune consigne. Quant au carabinier espagnol, il lui demanda pour la forme sa *cedula* et le laissa passer, sur la présentation d'une vieille carte d'électeur.

A ce moment le tandem et la carriole s'arrêtaient à l'entrée du pont.

En voyant le notaire en sûreté, Castéra, Biguey et ses deux compagnons poussèrent un cri de rage.

— J'ai envie de traverser et de le saigner comme un veau! rugit Capdebos que Biguey et Lahourcade retenaient à grand'peine.

Le vieux Castéra, blême de fureur, le poing tendu vers son gendre, l'accablait d'injures.

Pierre et Hermance gardaient le silence, quoique violemment émus par cette scène.

Alonzy, couvert de poussière et épuisé de fatigue, se redressait néanmoins et écoutait impassible, les bras croisés, avec un sourire de joie ironique, ces impuissantes malédictions.

Pendant ce temps, les carabiniers vérifiaient le contenu de sa valise. Peu de linge, de l'or et des titres. Ils les connaissaient bien ces sacoches de notaires en fuite. C'était le quinzième de la saison.

Quand on lui eut rendu sa valise, Alonzy, se tournant vers ses victimes, fit signe qu'il voulait parler.

Tout le monde se tut.

— Messieurs, leur dit-il, de cette voix pleine et sonore qu'il prenait aux séances du Conseil général, je ne comprends vraiment pas votre colère ni vos invectives. Je quitte mon étude laissant un passif de cinq cent mille francs, c'est vrai; j'en emporte cent mille, c'est encore vrai. Mais ne voyez-vous pas que je le fais dans votre intérêt? Si ces cent mille francs étaient restés dans mon coffre-fort, vous n'auriez eu, en vous les partageant, qu'un maigre dividende de vingt pour cent; tandis qu'en les emportant, j'ai le ferme espoir de les faire valoir à l'étranger et d'être un jour en mesure de vous rembourser intégralement.

— C'est trop fort! il se moque de nous! cria Biguey.

A ce moment ils virent Dehilotte s'avancer seul au milieu du pont, avec un grand registre qu'il venait de tirer du fond de la carriole.

Il dit quelques mots au carabinier et se dirigea vers l'autre rive.

— Que va-t-il faire, dit Capdebos, a-t-il la prétention de nous le rapporter sur sa bosse?

— Monsieur le Maire, dit Dehilotte à Alonzy qui reculait surpris plutôt qu'effrayé, je ne viens pas vous demander de l'argent, moi, mais une signature, une simple signature.

Et, obséquieux comme s'il eût été dans la grande salle de la mairie de Rongeôs, il présentait à Alonzy d'une main le registre ouvert, de l'autre une plume et un encrier qu'il venait de tirer de sa poche.

— C'est, dit-il, l'acte de mariage de Jean Dutauzia et de Pétronille Hostein, que vous avez oublié de signer. Il serait regrettable que ces jeunes gens se crussent mariés depuis deux jours, sans l'être réellement.

Alonzy amusé donna sa signature.

— Je vous remercie, Monsieur le Maire, et j'ai l'honneur de vous saluer, dit le bossu, qui revint sur la rive française, le visage radieux, serrant son registre sur son cœur.

— Est-ce tout ce que vous rapportez? dit Capdebos. Tant que vous y étiez, vous auriez dû prendre sa valise.

— Que vais-je devenir! s'écriait, en pleurant comme un enfant, le vieux Castéra chez qui la colère avait fait place à un violent désespoir. Il ne me reste plus rien, rien du tout! Je n'ai plus qu'à mendier ou à entrer à l'hôpital. Toi aussi, ma pauvre fille, te voilà ruinée! dit-il en se tournant vers Hermance.

Celle-ci réfléchissait depuis quelques minutes sur sa situation. Sans aimer l'argent pour lui-même, elle était, comme toutes les femmes coquettes, profondément éprise des jouissances de luxe et des satisfactions d'amour-propre qu'il procure. La misère, certaine maintenant, puisque son père était ruiné et son amant sans fortune, lui causait une indescriptible épouvante. Malgré ses protestations sentimentales de désintéressement et d'abnégation, elle avait toujours compté, lorsqu'elle fuyait avec Camelongue, sur le secours de son père qu'elle croyait riche. Cet espoir lui manquant tout à coup, elle se sentait horriblement tourmentée. Une lutte s'engageait dans son âme entre son amour pour Pierre et son horreur pour la pauvreté.

Soudain elle s'avança elle aussi sur le pont, et s'adressant à Alonzy d'une voix calme et digne :

— Mon ami, dit-elle, il ne m'appartient pas de vous juger. Quelle que soit l'opinion du monde, quels que puissent être vos démêlés avec la justice, vous êtes mon mari et je vous dois fidélité et obéissance dans le malheur comme dans la prospérité. Mon devoir est donc de vous accompagner, et j'ajoute que c'est mon plus cher désir, dit-elle d'une voix plus caressante, si vous voulez bien oublier les légers désaccords qui ont pu exister entre nous.

Alonzy la regardait, surpris de cette tendresse subite dont il ne tarda pas à deviner le secret motif. Puis il songea que, dans sa situation nouvelle d'aventurier courant le monde, une femme belle et bien élevée comme Hermance lui serait d'un précieux secours et ajouterait à son prestige.

— Venez avec moi, ma chère amie, lui dit-il, je n'osais vous offrir moi-même de partager mon exil, mais je suis ravi que l'offre vienne de vous.

Hermance revint sur ses pas.

— Adieu, mon père, dit-elle en embrassant Castéra, je vais suivre mon mari, c'est mon devoir.

Cet abandon fut le coup de grâce pour le vieillard. Il eut un dernier accès de rage ; puis se laissa entraîner par Biguey et Dehilotte vers la carriole où il fallut le hisser.

— Adieu, Pierre, et sans rancune, dit-elle à Camelongue en lui tendant sa main qu'il serra machinalement. Je garde votre maillot en souvenir de vous! ajouta-t-elle plus bas.

Pierre était tellement abasourdi par cette succession d'événements imprévus qu'il croyait assister à une scène de comédie et n'éprouvait aucun sentiment bien défini.

Cependant, lorsqu'il vit Hermance rejoindre son mari, il comprit qu'il perdait une maîtresse adorable, et en éprouva un regret assez vif. Puis il songea à la duplicité d'Hermance, à son inconstance, à tous les inconvénients qu'aurait eus pour lui cet enlèvement s'il avait réussi. Tout bien considéré, il se félicita d'être débarrassé d'elle.

A ce moment, deux gendarmes galopant à bride abattue apparurent sur la route d'Hendaye.

Ils s'arrêtèrent devant le groupe des Rongeossois qu'ils examinèrent attentivement comme pour les comparer au signalement indiqué sur un papier qu'ils tenaient à la main.

— Monsieur Alonzy? demanda l'un des gendarmes.

— Parti! vous arrivez trop tard, dit Capdebos, il est en Espagne depuis une demi-heure.

— Et Madame Alonzy?

— Elle a suivi son mari.

— Mais vous, Monsieur, dit le gendarme en s'adressant à Pierre, vous êtes Monsieur Pierre Camelongue.

— Oui, dit Pierre.

— Au nom de la loi, je vous arrête.

— Moi! Mais qu'est-ce que j'ai fait? s'écria Pierre, songeant au coffre-fort et devenant blême. C'est une erreur, je vous l'assure, il est impossible qu'on m'arrête!

— Cela ne me regarde pas, dit le gendarme, j'ai un mandat d'amener contre vous, je l'exécute. Vous vous expliquerez avec le juge d'instruction. Un sur trois, c'est bien maigre, fit-il en regardant son camarade.

C'était encore une méchanceté de Mélina, qui avait rédigé la plainte dont elle s'était chargée, de façon à faire soupçonner, comme complices d'Alonzy, Hermance et son amant et à les faire comprendre dans l'arrestation.

Pierre en fut quitte pour quelques jours de prévention, suivis d'une ordonnance de non-lieu.

Quant aux époux Alonzy, ils se gardent bien de rentrer en France, le notaire ayant été condamné par contumace à vingt ans de travaux forcés. Mélina, qui est bien informée, affirme qu'ils exploitent à Barcelone un café qui réussit à merveille. La belle Hermance, trônant au comptoir, en est le plus bel ornement et, ajoute Mélina avec un mauvais sourire, le seul véritable attrait.

                                   E. C.

Bordeaux. — Imp. G. Gounouilhou, rue Guiraude, 11.

Bordeaux. — Imprimerie G. GOUNOUILHOU, rue Guiraude, 11.